#yotambien

por

Theresa Jensen

ilustrado por

Aiden Lewald

#yotambién

ISBN #978-1-961684-09-6

Índice

Foreword

#*yotambien* feels authentic.

As she did with *Luisany,* Theresa Jensen once again puts the reader into the story emotionally. With simple language, she manages to tell a story that rings true. Both the language and the emotions just feel right. By crafting a compelling story at a language level that students can understand, she achieves here what all authors seek to do: tell a story that is both *comprehensible* and *interesting.*

Heartfelt and emotionally rending, #*yotambien* is ultimately a story of hope and healing. And one that is needed. These are feelings that we have all felt before: from the desire to fit in, to the agony of betrayal, to being lied about and social rejection, to climbing out of despair. There is a palpable feeling of help and hope here—showing that while all scars may not heal, life can get better.

The story just feels real. Credible. By putting these feelings in the context of a compelling story, I predict that reading this novella will do more to raise awareness and change minds than lecturing or scolding. And students will acquire language along the way.

Bryce Hedstrom

#yotambién

Capítulo 1

-¿Cuál es tu color favorito? -Mike le preguntó a Cristina.

-...¿Eh? Oh, perdón... -respondió Cristina, aburrida. Ella tomó un poco de Diet Coke y pensó un momento. -Es azul, creo.

-¡Me gusta el azul también! Mi padre tiene un Ford Mustang azul. -Mike continuó. -Pero yo quiero un Corvette azul…

Cristina no escuchó más. ¡Ugh! ¡Qué aburrido! No quería escuchar más. No podía. Mike no era el chico para ella. Sí, era guapo. Tenía ojos verdes. Mmm… ¡cómo le gustaban los ojos verdes! Pero Mike era muy aburrido. Hablaba mucho. Y no hablaba de cosas interesantes.

Había muchos otros chicos en el Pollo Loco. Era un restaurante de comida rápida. Era popular con los estudiantes de Indiana High School. Era sábado por la noche. Todos los estudiantes de Indiana High School querían pasar tiempo con sus amigos. No querían hacer más tarea. No querían pensar en la escuela. Pero para Cristina, ¡la escuela era más interesante que la conversación con Mike!

Pero Cristina y Mike no estaban solos. Cristina estaba con su amiga Yessica y su novio Dante. Yessica, Dante y Cristina eran amigos. Siempre los tres: Dante, Yessica y Cristina. Los dos novios y... Cristina. Tres no es bueno. Yessica quería un novio para su mejor amiga Cristina. Su novio Dante tenía un amigo: Mike. Creía que Mike podía ser el novio perfecto para Cristina. Cristina quería un novio también. Pero Mike no era para Cristina. No tenía mucha personalidad. Bueno, para ser honesto, *tenía* personalidad, pero *no le gustaba* a Cristina.

Cristina miró a su mejor amiga Yessica y a Dante. Yessica solo tenía ojos para Dante. Había amor en sus ojos. Había como 100 personas en el restaurante. Pero para Yessica, solo había dos personas: Dante y ella. Entonces los dos se besaron. Se besaron mucho. Cristina no quería ver eso. Miró a Mike otra vez.

-Mi padre dijo que puedo usar su Ford Mustang para Prom. Es muy rápido…- Mike continuó.

¿Prom? ¿Qué dijo? Oh no. Cristina no quería ir a Prom con Mike. Cristina pensó: ¿Mike va a invitarme a Prom? No, no no… Cristina no pudo más. Le dijo a Mike:

-Perdón. Tengo que ir al baño.

Le dijo a su amiga Yessica: -Yessica, vamos al baño.

Las dos chicas fueron al baño. Cuando entraron en el baño, Yessica le dijo:

-Mike es muy guapo, ¿no? Sus ojos verdes… ¡Qué guapo!

-Emmm, sí... un poco… -le dijo Cristina.

-¿Un poco? ¿Qué pasa? ¿No te gusta? -le preguntó Yessica.

-Oh, Yessica, lo siento. No me gusta. No tiene personalidad. No habla de cosas interesantes. Es súper aburrido. No puedo más.

-Amiga, ¡no! Creo que él quiere ir a Prom contigo. Podemos ir, los 4 y no los 3. Por favor, ¡di que sí! Soy tu mejor amiga. ¡Por favor!

-No sé, Yessica. -le dijo Cristina. -Oye, amiga, tienes que estar en casa a las 11, ¿no?

-Sí. ¿Por qué me lo preguntas? -le dijo Yessica, examinando su pelo.

-Porque son las 10:45.

-¿¿¿¿QUÉ???? ¡Oh no! ¡Mis padres son muy estrictos! ¡¡¡Tenemos que irnos AHORA!!!

Cristina tenía 16 años y tenía un carro. Yessica y Dante solo tenían 15 años. No tenían un carro. Cristina siempre llevaba a sus amigos Yessica y Dante en su carro. Pero ahora no tenía tiempo para llevar a los dos. Era tarde y Yessica tenía que estar en casa.

Cristina le preguntó a Mike:

-Mike, ¿Tienes tu carro? ¿Puedes llevar a
Dante a casa?

-Ah sí, ¡tengo mi carro! Es rojo y rápido…

Cristina salió con su amiga Yessica, sin
un adiós.

Capítulo 2

-¡Hola, Cristina!

Cristina estaba caminando a la clase de matemáticas. Miró y vio que era Dante. No quería hablar con él hoy. Probablemente quería hablar de su amigo Mike. Él le iba a preguntar si le gustaba. Era obvio que no le gustaba. Pero no quería decirle la verdad a Dante. No le gustaba Mike porque solo hablaba de carros y no era interesante. Pero también había otra razón.

Cristina seguía caminando. Pero Dante caminó más rápido.

-¡Cristina! ¡Cristina, soy yo, Dante!

-Hola, Dante.

-Oye, ¿tienes la tarea de hoy? -Dante le preguntó.

-Sí. ¿Y tú no?

-Um…-dijo Dante, con una sonrisa nerviosa.

-Y quieres copiar la mía. -dijo Cristina. No fue una pregunta. Ella sabía que Dante no tenía la tarea. Quería copiar. Y si Dante quería algo, iba a tenerlo. Era un poco manipulador.

-No, lo siento -dijo Cristina.

-Pero, ¡somos amigos! -protestó Dante. Tenía los ojos de un perrito.

-No. -repitió Cristina con una sonrisa.

-¿Por favor? -le dijo. Dante le tomó la mano de Cristina, suavemente. Cristina no quería admitirlo, pero algo le pasaba. Ella caminó más rápido.

-¿Adónde vas? -Dante le preguntó.

-¡Voy a clase! -le dijo Cristina.

-¡Yo también!

Cristina y Dante fueron a la clase de matemáticas.

-¡Vamos, Cristi! -dijo Dante. -Dame la tarea, ¡por favor!

-¡Shh! -le dijo rápidamente. -El profe está hablando. No quiero problemas.

Era la verdad. Cristina no quería problemas. No quería problemas en clase. Pero especialmente no quería problemas con su mejor amiga. Había un secreto terrible. Cristina no quería admitirlo. Pero a Cristina le gustaba Dante. Sí, le gustaba el novio de su mejor amiga Yessica. ¿Cómo era posible? Nadie tenía que saber. Era su secreto.

El Profe Triángulo dijo:

-¡Hola, estudiantes! ¿Tienen la tarea de hoy?

Muchos estudiantes se veían nerviosos. Dante se veía nervioso. Cristina *no* se veía nerviosa.

-¡Ja ja! ¡No hay tarea para hoy! ¡Las caras de ustedes! ¡Ja ja ja!

Dante miró a Cristina y le dio una sonrisa.
-Yo *sabía* que no había tarea. -dijo Dante.

-¿Por qué dices eso? -preguntó Cristina.

-Tu siempre me permites copiar la tarea. No me puedes resistir. -Dante le dijo con una sonrisa arrogante, sí, pero también irresistible.

Pero Cristina tenía que resistirlo. Sí, le gustaba Dante, pero nunca - NUNCA - iba a admitirlo. Tenía que ser un secreto.

Capítulo 3

-Buenos días, Cristi. ¿Cómo estás?

-Estoy bien, papá. -le dijo Cristina, comiendo su cereal. -¿Te vas?

-Si, tengo que trabajar. -dijo su padre.

-¿Cuántos días tienes que trabajar? -Cristina le preguntó, triste.

-Solo voy a Leavenworth. Voy a volver en 3 días. -dijo su padre. El padre de Cristina manejaba un camión. Él trabajaba mucho. No estaba en casa por varios días cuando trabajaba. A Cristina no le gustaba estar sola en casa.

-Papá, ¿puedo invitar a Yessica a pasar la noche? No me gusta estar sola en la casa.

-No, Cristina. Sabes que los amigos no se permiten en casa cuando yo no estoy. ¿Quieres ir a la casa de tu abuela? -dijo su padre.

-No, papá. Voy a estar bien. -le dijo Cristina, resignada.

Su padre era muy estricto con los amigos. Él dijo que los amigos podían ser malas influencias. Cristina generalmente hacía lo que su padre decía. Pero pensó que su padre no estaba en lo correcto. Yessica era su mejor amiga y no era una mala influencia.

Cristina escribió un texto a su amiga Yessica.

Yessica

> Mi padre está trabajando y no está en casa. ¿Pasas la noche conmigo?

Hablo con mis padres.

No puedo pasar la noche. ¡Pero puedo ir a tu casa!

> ¡Síííííí! Quiero pasarlo contigo, solo tú y yo. ¡Una noche de chicas! Vamos a ver *Mean Girls* y comer mucho chocolate, ¿sí?

¡Perfecto!

***

A las 7 de la noche, llegó Yessica... con Dante.

-¿Qué pasa, Yessica? ¿No vamos a ver *Mean Girls*? ¿Por qué está aquí Dante?

-Lo siento, amiga. Dante quería ir y tú sabes. No puedo resistirlo. También, su amigo Mike nos llevó en su carro. Pero Mike tenía que trabajar.

-Bueno. Pero, ¿nuestra "noche de chicas"? - preguntó Cristina, triste.

-¡¡Hola, Cristi!! -le dijo Dante con una sonrisa. -¡Ahora es una fiesta porque yo estoy aquí! ¿Verdad?

-Em… si- le dijo, pero quería pasar tiempo con su mejor amiga. No quería estar con Dante. Ella no quería pasar más tiempo con él. No quería problemas.

-No quiero ver Mean Girls -dijo Dante.

-¿Qué quieres hacer? -preguntó Yessica.

-Tengo una idea- dijo Dante. -Vamos a conocernos mejor. Jugamos *verdad o consecuencia*.

-No sé… -dijo Cristina.

-¡Vamos, Cristina! ¡Yo quiero! -dijo Yessica.

-¡¡Sí, vamos!! ¿Por favor? -le dijo Dante con sus ojos de perrito.

-Ok, está bien. -dijo Cristina. -¿Quién empieza?

-¡Yo! -dijo Dante. -Pero primero, tengo sed.

-¿Tienes sed? -le preguntó Cristina. -Tenemos Coca Cola y agua.

-No tengo sed de Coca Cola. No tengo sed de agua. Quiero algo diferente.

-Solo tenemos Coca Cola y agua.

-No. Tengo una idea- dijo Dante. Él fue a la cocina y volvió con 3 tazas.

-¿Qué tienes, Dante? -le preguntó Yessica.

Dante tenía 3 tazas de Coca Cola. Una para Yessica, una para Cristina y una para él.

Yessica tomó un poco. Cristina tomó un poco.

-¡Ugh! ¿Qué es eso? ¡Qué asco! -dijo Cristina.

-¡Ja ja! -dijo Dante.

-No seas bebé -Yessica le dijo a Cristina.

Cristina no quería tomar la Coca Cola. Tenía alcohol. Ella no tomaba alcohol. No quería problemas. Pero... no quería ser "bebé".

Dante tomó un poco de su Coca Cola. -Ok, yo voy primero.

-¿Verdad o consecuencia? -le preguntó Yessica.

-Consecuencia.-

-Hmmm… -pensó Yessica. -¡Yo sé! Come un plato de comida para gatos.

-¿Comida para gatos? ¡Ugh, qué asco! -dijo Dante.

-Vamos, bebé. -le dijo Yessica.

-¡Está bien! -dijo Dante. Cristina puso Fancy Feast, comida para gatos, en un plato. ¡Y Dante comió todo un plato de comida para gatos! ¡Qué asco!

-¡Ahora voy a besarte! -dijo Dante. Le dio un beso muy grande a Yessica.

-¡Uy, mi amor! ¡Qué asco! -le dijo Yessica. -Es como besar a un gato.

-¡Ja ja! -dijo Dante. -¡Fue tu idea!

-Cristina, ahora tú. -le dijo Yessica. -¿Verdad o consecuencia?

Cristina pensó un poco. No quería <verdad>. Ella tenía un secreto. Le gustaba Dante, solo un poco. Pero no quería admitirlo. Tenía su decisión.

-Consecuencia.

-Yo sé. -dijo Dante. -Toma toda tu "Coca Cola" en un minuto.

-Umm… Ok. -dijo Cristina. Y tomó TODA su taza de "Coca Cola" en un minuto.

-¡Ay ay ay! -dijo Yessica.

-¡Uy! ¡Ugh! -dijo Cristina. -Ok. Lo hice.

-¡Ja ja! -dijo Dante, y puso más "Coca Cola" en su taza.

Jugaron *Verdad o consecuencia* por horas. Dante seguía poniendo más "Coca Cola" en la taza de Cristina. Pero no ponía más alcohol en las tazas de Yessica o de él. Solo en la taza de Cristina. Él tenía un plan.

Finalmente, Yessica tuvo que ir a casa. Sus padres eran muy estrictos. Yessica necesitaba estar en casa a las 10. Pero había un problema.

Cristina tomó alcohol. Mucho. Ella no podía manejar su carro. Dante dijo:

-Yo tengo una idea. Yo puedo manejar a Yessica a su casa. No tengo mi licencia, pero sí tengo mi permiso. Tú no puedes manejar. Yo puedo. Tú no estás bien para manejar. Yo sí estoy bien para manejar.

-¿Y cómo llega Cristina a su casa? -preguntó Yessica.

-Yo manejo a su casa después. Yo vivo por allí. Después, puedo caminar a mi casa. -dijo Dante.

Dante no tenía su licencia. No era una buena idea. Cristina podía tener problemas. Pero Cristina no dijo nada. No pudo. No estaba bien.

Los 3 fueron en el carro de Cristina. Dante manejó a la casa de Yessica.

Capítulo 4

Cristina no estaba bien. No pudo concentrarse. ¿Por qué estaba en el carro? ¿Adónde iba? Oh, sí. Iba a la casa de Yessica.

-Yessi, amiga…- Cristina le dijo.

-¿Sí, Cristi?-

-Tengo un secreeeto. -Cristina le dijo.

-No es un secreto, amiga. -respondió Yessica.

-¿No? Uh oooh... -le dijo Cristina, nerviosa.

-No. Yo sé que tomaste mucho alcohol. Yo sé que no estás bien. Pero soy una buena amiga. Es nuestro secreto.

-Oh, ji ji… gracias. -le dijo Cristina. -Pero tengo oootro secreto.

-¡No hay tiempo! Estamos en mi casa. ¡Adiós! -dijo Yessica. Corrió y entró en su casa a tiempo.

Ahora Dante manejó el carro hacia la casa de Cristina. Pero fue en otra dirección.

-¿Adónde vamos? -preguntó Cristina.

-A un lugar especial. -le dijo.

-Pero, quiero ir a mi casa. -dijo Cristina.

Dante no dijo nada.

Por fin, llegaron a un parque. No había otras personas. Era verde y tranquilo. Dante miró a Cristina con sus ojos de perrito.

-Cristina, tengo un secreto.

-No quiero saber. -le dijo Cristina. Ella salió del carro. Dante corrió hacia ella.

-Pero tengo que decirte. -Dante le dijo. -Me gustas tú. Siento una atracción muy grande. Quiero estar contigo. Tengo que estar contigo.

Cristina se sintió horrible. A ella le gustaba Dante, sí. Pero era el novio de su mejor amiga.

No quería estar con él. ¡No podía hacerle eso a su mejor amiga!

Dante caminó hacia Cristina y la besó.

Ella quiso escapar, pero no pudo. Dante era más grande y estaba muy determinado. A Cristina no le gustó el beso. Dante no fue suave. Fue como un animal. Ahora *no* le gustaba Dante. ¡Qué asco! Por fin, Cristina pudo escapar. Corrió al carro.

-Lo siento, Cristina. -dijo Dante. -Pero no puedes manejar. No estás bien para manejar.

Cristina tenía que admitir que no estaba bien. No quería manejar. Podía tener muchos problemas.

-Está bien. ¡Pero vamos a mi casa! -Cristina le dijo con determinación.

-Está bien. -le dijo Dante.

Cristina no estaba bien. Se sentía mal. ¡Qué asco! El novio de su mejor amiga. No era un buen novio. No era una buena persona. Cristina tenía mucho sueño. No pudo más. Se durmió en el carro.

***

Cristina abrió los ojos. No sabía dónde estaba. No sabía qué pasaba. Ella estaba en el carro. Estaba sola.

Pero... ¿qué pasó? ¿Dónde estaba Dante? Ella no recordaba nada. Y…tenía frío. SU BLUSA.

¿Dónde estaba su blusa? Tenía pantalones, pero una blusa no. Su blusa no estaba en el carro.

¿Qué hizo Dante? ¿¿QUÉ HIZO?? Oh, no. OH NO. ¡NO!

Cristina se sentía horrible. Ella quería morir.

#yotambién

Capítulo 5

Ahora estaba sola en su casa. No quería
pensar. No podía pensar. Cristina creía que
ella era una persona terrible. Una buena
persona no besa al novio de su mejor amiga.
Un beso… ¿o más? Estaba en su carro con él.
¿Hizo algo más? Ella no lo sabía. Era posible.
Era probable.

¡Ay, no! ¿Cómo era posible? Ella no estaba
bien. No podía pensar. Necesitaba hablar con
un amigo. ¿Con quién podía hablar? No podía

hablar con su mejor amiga Yessica. No podía hablar con su padre. ¡Eso no!

Fue a la cocina para comer algo. No quería comer. Se sentía horrible. Y quería vomitar. Vio una naranja. Tomó un cuchillo para cortarla. Tenía una idea. Era una mala idea. Podía usar el cuchillo. Podía terminar todos sus problemas. Podía terminar todo. Podía terminar su vida. No. No, su padre estaría muy triste. No podía hacer eso.

Cortó la naranja y la comió. Fue a la escuela. No podía pensar en sus problemas. Tenía que concentrarse en las clases.

Llegó a la escuela. Estaba caminando a la clase de matemáticas, cuando vio a Mike, el amigo de Dante. Él la miraba raro. ¿Era su imaginación? No, era real. Él tenía una sonrisa terrible.

-Hola, Cristina. -le dijo con su sonrisa.

-Hola. -le dijo Cristina, un poco nerviosa.

-Ahora yo sé por qué no quieres salir conmigo. -le dijo Mike. -Porque en secreto, ¡quieres estar con Dante!

Mike salió. Cristina sentía terror. ¿Mike sabía del beso? ¿Y otras personas lo sabían? ¿Yessica sabía también? Cristina necesitaba hablar con Dante. AHORA. Pero Dante no estaba en la clase de matemáticas. ¿Dónde estaba?

Dante llegó tarde a la clase de matemáticas. Cristina no pudo hablar con él porque el Profe Triángulo estaba hablando.

Cristina no pudo concentrarse. Tomó su celular y le escribió un texto a Dante.

Dante

> Tenemos que hablar.

> No. Sé que yo te gusto a ti, pero a mí me gusta Yessica. Lo siento.

Cristina estaba furiosa. Sintió la vibración de su celular. Miró. Fue otro texto de Dante.

Pero el Profe Triángulo les dijo:

-¡Cristina y Dante! Sus celulares aquí en mi mano. AHORA.

Cristina y Dante sabían que el Profe Triángulo era muy estricto. No les permitía tener los celulares en clase. No iban a tener sus celulares por todo el día. Tenían que volver después de la escuela.

Cristina no miró a Dante. Solo miró al Profe
Triángulo y su tarea de matemáticas. No sabía
qué hacer. Ahora tenía que ver a Dante
después de la escuela también. No quería
verlo. No sabía qué iba a pasar cuando lo
viera.

Capítulo 6

Fue a la cafetería. Era la hora de comer.
Sabía que su amiga Yessica quería comer
con ella.

Pero Cristina no quería verla. Era su mejor amiga. ¿Cómo podía estar con ella como si nada? Yessica iba a saber inmediatamente que algo no estaba bien. Pero Cristina tenía que comer con ella. Si no, iba a saber que había un problema. Caminó hacia Yessica.

-Hola, Yessica. -le dijo.

-¡Hola, Cristi! -le dijo. -¿Por qué no respondiste a mis textos?

-No tengo mi celular.

-¿Cómo?

-Pues, en la clase de matemáticas… tú sabes cómo es el Profe Triángulo, ¿no?

-Ah, sí. Es muy estricto con los celulares. ¿Y Dante? Él no responde a mis textos.

-Tú sabes... ¡Profe Triángulo!

-Entonces, ¿por qué estabas en tu celular en la clase de matemáticas? -le preguntó Yessica.

-Pues… - respondió Cristina, nerviosa. -Mi padre. Cuando está trabajando, siempre se preocupa por mí. Tú sabes.

-Si. ¿Y cómo fue anoche? ¿Dante manejó bien tu carro? -Yessica le preguntó.

-Pues… sí. No quiero hablar más de eso. No me siento bien. -dijo Cristina.

-¡Ah, ja ja! Sí, tú tomaste mucha "Coca Cola," ¿no?

-Uh, sí. Qué asco. -le dijo Cristina. No comió.

Solo tomó un poco de agua. Iba a vomitar si comía. Se sentía tan estúpida. No le gustaba el alcohol. ¿Por qué lo tomó? No fue delicioso y después se sintió horrible. Y lo peor era vivir con las consecuencias de sus decisiones. Ella recordaba cosas horribles. Pero había más que no recordaba. ¿Era un secreto?

¿Quién sabía? Posiblemente Mike sabía. ¿Y quién más? Cristina estaba en otro mundo, pensando, cuando Yessica le preguntó:

-Pues, ¿ahora me dices tu secreto?

-¿Mi... mi secreto? -dijo Cristina, nerviosa. ¿Ella sabía? Oh no. ¿Qué iba a hacer?

-¡Sí! Cuando estábamos en mi casa, tu dijiste que tenías un secreto.

-Ah, sí... -Cristina sintió mejor. Pensó: ¡qué bueno! Yessica no sabía nada. -Yo no sé, amiga. Yo tomé mucho alcohol. Yo no sé qué fue el secreto. No recuerdo nada.

-¿No recuerdas nada? Uf, no es bueno, amiga -le dijo Yessica.

-No me digas. -dijo Cristina.

Capítulo 7

Todo el día, Cristina estaba en otro mundo. Se sentía horrible física y mentalmente. Vomitó 3 veces. Pero *no* fue a la oficina. No quería que ellos supieran del alcohol. Si supieran, Cristina podría tener MUCHOS problemas.

Vomitó en el baño, en silencio. Fue horrible, pero lo hizo.

Por fin eran las 3:15. Era el fin del día. Cristina fue a hablar con el Profe Triángulo. Necesitaba su celular.

Cuando entró en la clase, vio a Dante. Quería salir, pero el Profe Triángulo le dijo:

-Hola, Cristina. ¿Quieres tu celular?

-Si. Perdón, profe. -le dijo Cristina, sinceramente.

-¿Por qué usas tu celular en clase? Tú sabes que no se permite. -dijo el profe.

-Si, lo sé. Mi padre está trabajando y no está en casa. Se preocupa por mí.

-Está bien. Pero no en clase, ¿sí? -le dijo profe con una sonrisa.

-Sí, profe.

-Adiós, Cristina. -le dijo el profe.

-¡Adiós! -le dijo Cristina.

Cristina y Dante salieron de la clase. Cristina solo quería ir a su casa. No quería hablar con Dante. No quería saber. Pensaba que podía vomitar más. Solo quería ir a casa.

-Cristina. Tenemos que hablar. -le dijo Dante.

-Sí, tenemos que hablar. ¡¿Qué me hiciste?! -le preguntó Cristina.

-¿Yo? TÚ me atacaste *a mí*. -le dijo Dante.

-¿¿¿Qué??? ¡Qué asco! Yo no quiero estar contigo. ¡Tú estás loco! -le dijo Cristina.

-Yo tengo evidencia que sí. -dijo Dante con una sonrisa.

-¿Qué evidencia? -preguntó Cristina.

-Nada, je je. -le dijo Dante. -Pero una cosa - y ESCÚCHAME BIEN - no puedes decirle NADA a Yessica. Ella es el amor de mi vida. El beso, TODO, es un SECRETO.

-No me puedes decir qué hacer. -dijo Cristina.

-Si tú hablas, vas a tener problemas. Es una *promesa*. -dijo Dante con una sonrisa horrible.

-Es mi mejor amiga. Los amigos siempre se dicen la verdad. -ella dijo.

-Piensas que ella va a ser tu amiga si le dices la verdad? Piénsalo. -dijo Dante.

Cristina sabía que era verdad. ¿Cómo podía Yessica perdonarle eso? Es horrible besar el novio de su mejor amiga. No sabía qué hacer. Fue a casa para dormir y pensar más.

Capítulo 8

Pasó una semana. Cristina no sabía cómo, pero no le dijo nada a su mejor amiga. No le dijo nada a nadie. Tenía muchos secretos. No habló con Dante. Ella lo tenía bloqueado en su

celular y no habló con él en clase. Se sentía muy sola. Estaba sola con todos sus secretos.

Un día, ella no podía más. No podía tener tantos secretos. No podía sufrir más en silencio. No podía imaginar más. Su imaginación era terrible. ¿Era mejor o peor que la realidad? No sabía. Tenía que saber. Tenía que hablar. Tenía que decirle la verdad a su mejor amiga.

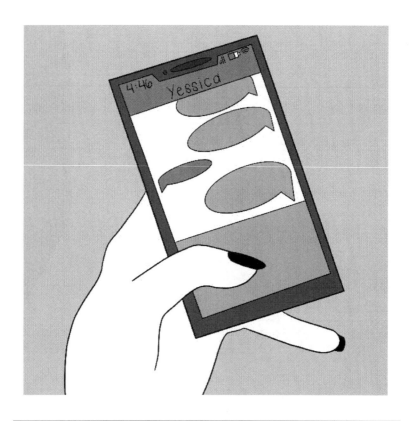

Yessica

¿Podemos hablar?

Sí. dime.

No. Tengo que hablar contigo cara a cara.

Está bien. ¿Puedes ir a mi casa?

Sí. Dame 10 minutos.

Cristina estaba muy nerviosa. Quería decirle la verdad a Yessica. Tenía que decirle la verdad. Pero estaba preocupada. ¿Qué iba a decirle?

-¡Hola, Cristi! -le dice Yessica.

-Hola, Yessi. -le dijo Cristina. Estaba triste porque su amiga se veía tan feliz. Era su mejor amiga. ¿Iba a ser su amiga en 5 minutos?

Cristina y Yessica fueron al patio de la casa.

-Yessica, tengo que decirte algo. Es un secreto terrible. ¡No puedo más! -dijo Cristina. Y empezó a llorar.

-Cristi, está bien. No llores. -dijo Yessica.

-No, tengo que decirte. ¿Recuerdas esa noche?

-¿Cuando tomamos "Coca Cola"? -preguntó Yessica.

-Sí, esa noche. Tú fuiste a casa y Dante manejó al parque, no a mi casa.

-¿Por qué? -preguntó Yessica. Se veía un poco preocupada.

-Pues... Dante me besó. Un *beso* beso. No un beso de amigos.

-No es verdad. -dijo Yessica. -¿Por qué dices eso?

-Es la verdad. Entonces, yo insistí en ir a casa. Pero porque tomé mucho alcohol, yo me dormí en el carro. Cuando abrí los ojos, yo estaba sola en el carro. Pero yo no tenía mi blusa. Yo no sé qué pasó. Dante dice que no pasó nada.

Yessica no dijo nada. Solo escuchó. Cristina continuó:

-Todos los días, Dante me dice que es un secreto. ¡Y él es horrible conmigo! ¡Él me atacó a mí! -Cristina no habló y lloró por un momento. Ella continuó:

-Yo solo quiero ser una buena amiga. ¡Yo no besaría al novio de mi mejor amiga!

Yessica estaba furiosa. Su cara estaba roja.

-¿Cómo es posible? ¿Mi mejor amiga? ¿Con MI novio? ¿¿Y no me dices la verdad por *una semana*??

-Yo quería decirte, pero él no me permitió. Por favor, perdóname.

-No. No eres mi amiga.

-¡Pero, Yessi! -dijo Cristina, llorando.

-¡Adiós!

  Cristina tuvo que salir de su casa. Fue a su casa. Su padre estaba en casa, pero estaba dormido. Cristina fue a su cuarto y lloró.

Capítulo 9

Por la mañana, su padre entró en su cuarto.
Eran las 7:30. La escuela empezaba a las 8.

-¡Cristina! ¡Es hora de salir!

-Papá, no puedo ir a la escuela hoy. No me siento bien. ¿Puedes llamar a la escuela?

-No, Cristi. Estás bien. No quiero excusas.

-Está bien, papá. -le dijo, triste.

Cristina salió rápidamente y llegó a la escuela con tiempo. Pero había algo diferente. Todos la miraban. Todos. Algunas personas tenían sonrisas. Otras personas se veían tristes.

Nadie le dijo hola. No la miraron a los ojos. Cristina no sabía qué pasaba.

Fue a la clase de matemáticas y Dante no estaba. Bueno. No quería ver a Dante para nada.

La clase empezó, pero Cristina no pudo concentrar para nada. Cinco minutos más tarde, un estudiante llegó con un pase de la oficina. Le dio el pase al Profe Triángulo. Él miró el pase y dijo:

-Cristina Cazuela.

-¿Sí? -dijo Cristina.

-Lleva tus cosas. -le dijo y le dio el pase.

Cristina miró el pase. Tenía que ir a la oficina. Ella nunca tenía que ir a la oficina. Era una buena estudiante. Este día era tan raro.

Tomó sus cosas y tomó el pase. Los otros estudiantes miraron a ella. Tenían expresiones raras. ¿Ellos sabían por qué ella iba a la oficina? ¿Cómo?

Cristina llegó a la oficina y le dio su pase al secretario, el Sr. Ingalls. Él le dijo un momento, por favor y habló por teléfono con la directora. Cristina no sabía que estaba pasando. No hizo nada malo. Era una buena estudiante.

Entonces, el Sr. Ingalls le dijo que ahora la directora, la Sra. Pipiripis iba a verla. Cristina entró en la oficina, tímidamente.

La Sra. Pipiripis le dijo que tenía algo muy importante que decirle a Cristina. Dijo que en Twitter había un tuit muy inapropiado. Era de @papichulo123. Investigaron y fue de un estudiante, Dante Jones. La Sra. Pipiripis le dijo:

-Yo no sé cómo decirte esto... pero el tuit es una foto de ti.

Cristina se sentía mal. No podía hablar. ¿Una foto? Oh. UNA FOTO. Ay, no. NO.

-Cristina, esta es la foto. -ella dijo. Cristina miró la foto. Era una foto de ella. No tenía una blusa. Había una mano en sus… en ella.

Cristina no podía respirar. ¿Dónde estaba el aire? Su cara se puso muy roja. Necesitaba salir. Tenía que escapar. AHORA.

Cristina salió de la oficina de la directora. Corrió muy rápido. Salió de la escuela. Entró en su carro y manejó.

Capítulo 10

Cristina no fue directamente a su casa. No podía. Manejó por horas. No salió del carro.

Lloró. Manejó. Lloró más. Finalmente, fue a su casa.

Estaba más tranquila ahora. Entró en la casa. Su padre estaba dormido porque trabajó toda la noche. ¡Qué bueno! No quería hablar con nadie.

Cristina fue a su cuarto. Solo quería dormir. Quería dormir y abrir sus ojos a un mundo diferente. Quiere estar en un mundo diferente. No podía más. ¿Cómo podía volver a la escuela? Todos los otros estudiantes la miraban. Pensaban cosas terribles de ella. No, ella no podía volver a la escuela. Pero no sabía qué hacer.

Sintió la vibración de su celular. Miró. ¿Quién era? No era un número que tuviera en su celular. No sabía por qué, pero tenía que ver quién era.

-Bueno. -dijo Cristina.

-Soy yo, Dante. No me cortes... -pero Cristina cortó. No quería hablar con Dante. Él era el responsable de todo.

Sintió su celular otra vez. Era Dante.

-Dante, no quiero hablar contigo.

-Tengo algo importante que decirte. -él dijo, desesperado.

-Tu eres un monstruo. No, un monstruo es mejor que tú. Cuando pienso en ti, ¡quiero vomitar! -dijo Cristina.

-Aw, que triste. -dijo Dante, pero no él estaba triste. Estaba furioso. -Tienes que hablar con Yessica.

-¿Por qué?

-Porque Yessica cortó conmigo. Tienes que decirle la verdad.

-¡¡¿¿La verdad??!! La verdad es que TÚ me atacaste a mí. ¡Tú eres el responsable de TODOS tus problemas y de todos mis problemas también!

-¡Tienes que decirle a Yessica que TÚ eres la responsable! Si no, yo tengo más fotos. ¿Te gusta la foto que yo puse en Twitter?

Cristina estaba TAN FURIOSA que no podía responder. Su cara se puso súper roja. No podía hablar. No podía controlarse. Tiró su celular por el aire.

Lloró porque estaba tan furiosa. ¡¡¡CHICO ESTÚPIDO!!!

Su padre entró en su cuarto.

-Cristina, ¿qué pasa? Yo estaba dormido. ¿Estás bien?

-Sí, papá. Estoy bien. -dijo, pero era obvio que no. Su padre la miró diferente. Respondió tranquilo:

-Cristi, dime la verdad. Yo puedo ver que no estás bien. Es obvio. ¿Qué pasa?

-Nada. -Cristina dijo, llorando. No podía hablar con su *padre* de esto. Con él, no.

-No puede ser *tan* terrible. -él le dijo.

-Si, lo es. -ella dijo.

-Quiero decirte algo. Yo no siempre era tan responsable. Cuando yo tenía 17 años, yo robé un carro. -le dijo su padre.

-¿¿Qué??

-Sí, yo estaba con un grupo de chicos. Uno era un amigo, pero no conocía muy bien a los otros. Vimos un carro convertible, un Chevy. Lo robamos y fuimos a California.

-Papá, por favor. No tienes que inventar historias. -Cristina le dijo.

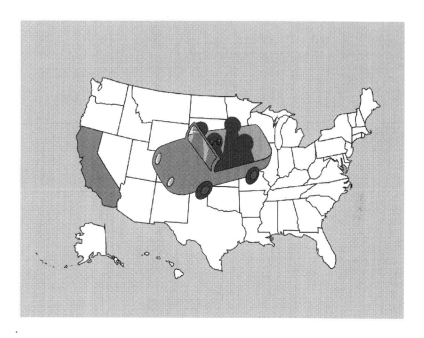

-No, es la verdad. Entonces, yo estaba allí en California con esos chicos locos. Yo quería salir pero no sabía qué hacer. -dijo su padre.

-¿Qué hiciste? -Cristina preguntó. Ya no estaba llorando porque no podía creer la historia de su padre.

-Yo estaba en una situación tan terrible. Tú sabes cómo es tu abuelo. -dijo su padre.

-Si, es muy estricto. -dijo Cristina.

-Sí. Pues, era *súper mega* estricto cuando yo era un chico. Pero yo lo llamé por teléfono. No sabía que más hacer. -admitió su padre.

-¿En serio? ¿Qué hizo él? -le preguntó Cristina con curiosidad.

-Él estaba muy tranquilo. El manejó a California por mí. -dijo su padre.

-¡No! ¿En serio? -dijo Cristina.

-Sí. Y él no habló de eso otra vez. -dijo su padre.

-Pero, ¿qué pasó con los otros chicos y el carro? -preguntó Cristina.

-Es un poco cómico. Era el carro del padre de uno de los chicos. -dijo su padre con una sonrisa.

-¡Papá!

-Sí, pero nosotros no lo sabíamos.

Cristina y su padre estaban allí por un tiempo. No hablaron. Finalmente, Cristina le dijo:

-Está bien, papá. Yo te digo la verdad. -Y Cristina le dijo la verdad. Toda la verdad.

Cristina no podía creerlo. Sintió bien decirle la verdad. Le dijo todas las cosas horribles que pasaron, pero su padre estuvo tranquilo. ¡Era su padre, pero no era su padre! No solo era un padre estricto. Podía ser su amigo.

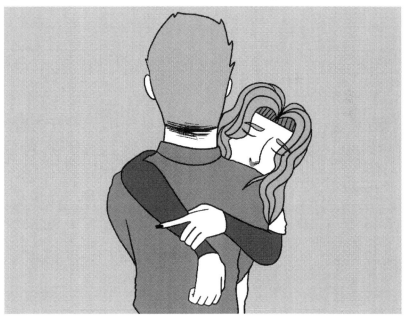

Ahora Cristina sabía que su padre siempre estaba allí para ella. De verdad.

Capítulo 11

-Gracias por hablar conmigo, Cristi. Es muy importante. -le dijo su padre.

-Sí, papá. Gracias por ser tan bueno conmigo.

-Siempre. -le dijo el padre. -¿Cristi?

-Sí.

-¿Quieres ver *Mean Girls*? -le preguntó su padre con una sonrisa.

-¡Sí! Pero, papá, no te gusta.

-Sí, me gusta. Pero es un secreto. -él dijo,
pensando que era muy cómico.

-Ay, papá. ¡No quiero más secretos! -dijo
Cristina con una sonrisa.

Cristina y su padre miraron *Mean Girls*. Para ella,
era como ser una chica de 5 años otra vez,
mirando *Mulan*. Era un escape. Todo era normal y
perfecto por un tiempo.

Pero *Mean Girls* terminó. Todo NO era normal. Todo NO era perfecto.

-Papá, no sé qué hacer.

-Cristi, mañana vamos a la policía. -le dijo su padre.

-¿A la policía? No quiero, papá.

-Cristi, es necesario. Él es un abusador. Él dice que tiene más fotos de ti. Él es un criminal.

Cristina sentía un pánico. ¿Qué pasaría si fuera a la policía? No quería hablar más de lo que Dante le hizo a ella. Pero tenía que hablar. Ella lo sabía. Si no hablara, él podría hacerlo a otras chicas.

-Está bien, papá. ¡Gracias por estar aquí!

-Siempre.

Escuchó su celular. Miró. Fue una llamada de FaceTime de Yessica. ¡Yessica! Ella no tenía contacto con ella por días.

-Papá, ¿puedo?

-Sí, ¡claro!

***

Cristina fue a su cuarto y habló por FaceTime con Yessica.

-Hola, Cristi. -le dijo.

-¡Hola, Yessi! -le dijo Cristina, feliz. Era tan bueno hablar con su mejor amiga otra vez.

-Amiga, ¿puedes perdonarme? -Yessica le preguntó.

-¿Cómo? Por favor, ¡*tú* perdóname a mí! -dijo Cristina.

-No, Cristi. Tú eres honesta. Tú me dijiste la verdad. Siempre me dices la verdad. Dante es horrible.

-Lo sé.

-No, tú no sabes todo. Él es tan manipulador.

-Ay, Yessi. ¡Lo siento! Qué horrible para ti. -dijo Cristina.

-¡Y más horrible para ti! -dijo Yessica. El NO era un buen novio. No es una buena persona. Ya no es mi novio. Pero él no quiere aceptarlo.

-¿No?

-No. ¿Y sabes qué? Dante fue suspendido. Y no es todo. La Sra. Pipiripis habló con la policía por la distribución de la foto. Él va a tener más consecuencias.

-Mi padre dice que yo tengo que ir a la policía. -dijo Cristina.

-Sí, tienes que ir a la policía. Y yo voy contigo. Siempre estoy aquí para ti. -le dijo Yessica.

No iba a ser fácil. Pero Cristina sabía que podía. Tenía a su mejor amiga Yessica y a su padre con ella.

#yotambién

What happened to Dante?

What do you think happened to him? Here are a few real-life cases to give you an idea.

State v. Larry (Maine 2016)
- Girlfriend sent him a nude video
- He played it for friends in the lunchroom
- Convicted of possession of child porn
- 10 days in jail and 10 years on sex offender registry

Wisconsin v. Stancl (2010)

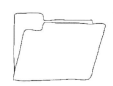

- High school student posed as a girl, tricked 31 male classmates into sending nude photos
- Blackmailed them into performing sex acts and then took photos of the acts
- Sentenced to 15 years in prison

Taylor v. Francko (Hawaii 2016)
- Francko proposed, Taylor refused
- He posted nude photos of her
- Court awarded her $425,000 in damages

And did you know...?

- Laws vary from state to state, but your actions can often mean jail time, even if you are a minor.

- Sexting (sending or posting photos or videos of sex acts) is a felony

- In half the cases of sexual assault, alcohol is involved.

#Metoo?

If someone touches you in a way that's not okay, or shows you something that makes you feel like you are not safe, you don't have to keep it a secret. It's not right, and it's not your fault.

Know that you are NOT alone. It is estimated more than 1 in 4 women in the U.S. has experienced sexual assault. Help is a call or LIVE chat away. Call 24/7:

1-800-656-HOPE (4673)

For more resources and LIVE chat:
rainn.org

Maybe you don't know where to start or who to talk to. Whatever happened, whenever it happened, they can help. There is hope.

Theresa Jensen
#metoo

Agradecimientos

Mil gracias a *Consuelo Palencia* por pulir este libro y por sus consejos sabios. Ella formaba parte de un grupo empezado por
Karen Rowan. Les doy gracias a ella y a mi gente, *Drew Forlano, Nicole Foster, Stephen Reilly y Melissa Urushidani.*

Gracias a mis dos ídolos, **A.C. Quintero** y *Bryce Hedstrom* por sus consejos y pericia, y especialmente por inspirarme a ser mejor escritor, maestra y persona.

To my friend, *James Hamilton*, attorney and owner of the law firm Hamilton, Norman PC LLO. Through your kindness and expertise, you have played an important role in shining a light on the legal side of this important issue.

Aiden Lewald, me fascinan tus dibujos y has dado vida a mi historia. Este será el primer libro que has ilustrado, pero sé que no será el último. ¡Felicidades!

Finalmente, le doy gracias a **Dios**. Me defiende y me lleva por los peores momentos. Yo sé que mi valor no tiene nada que ver con lo que yo haga ni con lo que me hagan. Mi valor se encuentra en quién soy. Y soy quien soy gracias a **Él**.

Bibliografía

Haase, K., 2020. *Legal Issues Related To Sexting, Dating Violence And Related Teen Relationship Red Flags.* [online] Nebraska Department of Health and Human Services. Available at: ⟨http://dhhs.ne.gov/MCAH/HYN2016-Sexting-KarenHaase.pdf?fbclid=IwAR2LzkQPLSshidIrDFXu-2coqtKBNGVPCXY8HJCcSQcbtpXaUWtDw7Kl5ak⟩ [Accessed 19 July 2020].

Hg.org. 2020. [online] Available at: ⟨https://www.hg.org/legal-articles/sexting-legal-consequences-39370⟩ [Accessed 19 July 2020].

Pubs.niaaa.nih.gov. 2020. *Alcohol And Sexual Assault.* [online] Available at: ⟨https://pubs.niaaa.nih.gov/publications/arh25-1/43-51.htm⟩ [Accessed 19 July 2020].

Rainn.org. 2020. *RAINN | The Nation's Largest Anti-Sexual Violence Organization.* [online] Available at: ⟨https://www.rainn.org/⟩ [Accessed 19 July 2020].

Glosario

These definitions are very specific and applicable to the particular context of this book.

~A~

a - to
abrió – s/he opened
abrí – I opened
abrir – to open
abuela - grandma
abuelo - grandpa
aburrido/a – boring, bored
abusador - abuser
aceptarlo – to accept it
adiós - goodbye
admitió - admitted
admitir – to admit
admitirlo – to admit it
adónde – where to
agua - water
ahora - now
aire - air
al – to the
algo - something
algunas - some
allí - there
amigo/a/s – friend/s
amor – (the) love
anoche – last night
años - years
aquí - here
asco - disgust
atacaste – you attacked
atacó – s/he attacked
atracción - attraction
azul – blue

~B~

baño - bathroom
bebió – s/he drank
bebé - baby
besó – s/he kissed
besaron – they kissed
besar – to kiss
besaría – I would kiss
besarte – to kiss you
beso – (a) kiss
besó – s/he kissed
bien - well
bloqueado - blocked
blusa - blouse
buen/o/a/s – good

~C~

caminó – s/he walked
caminando - walking
caminar – to walk
camión - truck
cara/s – face/s
carro/s – car/s
casa - house
celular/es – cellphone/s
chico/a/s – boys/girls/kids
cinco - five
claro – of course
clase/s – class/es
cocina - kitchen
comió – s/he ate

comer – to eat
cómico – comical, funny
comida - food
comiendo - eating
como - like
cómo - how
con - with
conmigo – with me
conocernos – to know
    each other
conocía – I knew
consecuencia/s –
    consequence/s
contigo – with you
continuó – s/he
continued
controlarse – to control
    herself
copiar – to copy
corrió – s/he ran
cortarla – to cut it
cortes – (no me cortes)
  don't hang up on me
cortó – she cut, hung up
or broke up
cosa/s – thing/s
cree – s/he believes
creer – to believe
creerlo – to believe it
creo – I believe
cuál - which
cuando - when
cuántos – how many
cuarto – room
cuchillo - knife
curiosidad – curiosity

~D~
dio – s/he gave
dame – give me
de – of, from
decir – to say, tell
decirle – to tell him/her
decirte – to tell you
del – of the, from the
delicioso - delicious
desesperado - desperate
después – after, afterward
determinado -determined
di – I gave
día/s – day/s
dice – s/he says, tells
dice – you say, tell
digas - (no me..) you don't say
digo – I say, tell
dijiste – you said, told
dijeron – they told/said
dijo - s/he told/said

dime – tell me
dirección - direction
directamente - directly directora
- principal
don – sir (polite title)
dónde - where
dormí – I slept dormido - asleep
dormir – to sleep
dos - two
se durmió - she fell asleep

~E~

el - the

él/ella – he/she
ellos – they
empieza – s/he begins
en – in, at
entonces - then
entró – s/he entered
entraron – they entered
era – I/s/he/it was
eres – you are
es – it/s/he is
esa - that
escapar – to escape
escape – (an) escape
escribe – s/he writes
escuchó – s/he listened
escúchame –listen to me
escuchar – to listen
escuela - school
eso - that
esos - those
especial - special
especialmente -especially
esta - this
está – s/he is
estaba – s/he was
estábamos – we were
estabas – you were
estamos – we are
estaban – they were
estar – to be
estaría – he would be
estás – you are
este - this
esto - this
estoy – I am
estricto/s - strict

estudiante/s – student/s
estúpido/a - stupid
evidencia - evidence
examinando - examining
excusas - excuses
expresiones - expressions

~F~
fácil - easy
favor - *(por favor)* please
feliz - happy
fiesta - party
fin - ending
finalmente - finally
físicamente - physically
foto/s – photograph/s frío
- cold
fue – it/he was
fueron - they went
fuimos – we went
fuiste – you went furioso/
a – furious

~G~
gato/s – cat/s
generalmente - generally
gracias - thanks
grande - big
grupo - group
guapo - handsome
le gustaba - she liked it
te gustaba – you liked it
le gustaba – s/he liked it
me gustas – I like you
te gusto – you like me

~H~

había – there was
hablaba – s/he talked
hablaron – they talked
hablando - talking
hablar – to talk
hablaste – you talked
hablé – I talked
habló – he talked
hacer – to do
hacerle – to do to her
hacerlo – to do it
hacia - towards
hay – there is, there are
hice – I did
hiciste – you did historia/s – story/stories hizo – s/he did
hola - hello
hora – hour, time,
horas - hours
hoy - today

~I~

Imaginar – to imagine
Inapropiado -inappropriate
Influencia/s – influence/s
Inmediatamente – immediately
insist – I insisted
interesante/s - interesting
inventar – to invent
investigaron – they investigated
invitar – to invite

invitarme – to invite me
ir – to go
irnos – *(tenemos que irnos)*

~J~   we have to leave

Ja – ha (laugh)
Je – heh (evil laugh)
Ji – hee (giggly laugh)
Jugaron – they played
Jugamos – we play, we played

~L~

la – the, it, her
las – the, them
le – to him/her
les – to them
licencia - licence
llamada – (a) call
llamar – to call
llamé – I called
llega – arrive! (command)
llegaron – they arrived
llegó - s/he arrived
llevar – to bring
llevó - s/he brought
lloró – s/he cried
llorando - crying
llorar – to cry
llores – *(no llores)* don't cry!
lo – it, him
loco/s - crazy
los – the, them
lugar – (a) place

~M~

mal - ill

malo/a/s - bad
mañana – (la) morning,
        tomorrow
manejar – to drive
manejé – I drove
manejó – s/he drove
mano - hand
más - more
matemáticas - math
me – to me
mejor – better, best
mentalmente - mentally
mi - my
mí - me
mía - mine
minuto/s – minute/s
miró – s/he looked at
miraron – they looked at
mirando – looking at
mis - my
monstruo - monster
morir – to die
mucho/a – a lot muchos
- many mundo - world
muy - very

~N~

nada - nothing
nadie – no one
naranja - orange
necesario - necessary
necesitaba – s/he
needed
nervioso/a/s - nervous
noche - night

nos – us, to us
nosotros - we
novio - boyfriend
novios – 2 people dating
nuestro/a - our
número - number
nunca - never

~O~

o - or
obvio - obvious
oficina - office
ojos - eyes
opción - option
otro/a/s – other/s
oye – hey

~P~

padre/s – father, parents
pánico - panic
pantalones - pants
papá - daddy
papichulo123 – hot daddy
para – for, in order to
parque - park
pasa – it passes, happens
pasando - happening
pasar
pasarlo –to spend it (time)
pasas – you spend
pase – (a) pass
pasó – it happened
pelo - hair
pensando - thinking
pensar – to think
peor – worse, worst

perdón – excuse me
perdóname – forgive me
perdonarle – to forgive her
perdonarme – to forgive me
permiso - permission
permitía – s/he permitted
permite - (se permite) it's allowed
permiten – (se permiten) they are allowed
permitió – s/he permitted
pero - but
perrito – puppy dog
personalidad - personality
piénsalo – think about it!
pensó - she thought
piensas – you think
– pienso - I think
plato - plate
poco – a little bit
podemos - we can
podía – (no) she couldn't
policía - police
pollo - chicken
puso – s/he put
poniendo - putting
por – for, because of
porque - because
posiblemente - possibly p (a)
pregunta - a question
preguntar – to ask
preguntas – you ask
preguntó – s/he asked
preocupa – (se) s/he worries
preocupada – worried (adj)
primero - first

probable - probable
probablemente - probably
profe - teacher
promesa - promise
protestó - he protested
puedes – you can
puedo – I can
pues – well,...
puse – I put (past)

~Q~
que – that, than
qué - what
quería – I/he wanted
querían – they wanted quién - who
quiere – s/he wants quieres – you want quiero – I want

~R~
rápido/a - fast rápidamente - quickly raro/as – odd, oddly
razón - reason
realidad - reality
recuerda – s/he remembers
recordaba - she remembered
recuerdas – you remember
recuerdo – I remember repite – she repeats resignada - resigned resistir – to resist
resistirlo – to resist him

respirar – to breathe
responde – s/he responds
responder – to respond
respondiste – you
　　　　responded
robamos – we stole
robé – I stole
rojo/a - red

~S~

sábado - Saturday
sabía – I, s/he knew
sabían – they knew
saber – to know
sabes – you know
sabíamos – we didn't
　　　　know
salió – s/he went out, left
salieron – they went out,
left
salir – to go out, leave
sé – I know
seas – *(no seas)* don't be
secretario - secretary
secreto/s - secret
sed - thirst
semana - week
supieran – them to
know
ser – to be
serio - serious
si - if
sí - yes
siempre - always
sentía – s/he felt
siento – I feel

seguía – s/he continued
sin - without
sinceramente - sincerely
sintió - s/he felt
solo/a/s – alone, only
somos – we are
son – they are
sonrisa/s – (the) smile/s
soy – I am
su – his/her/their
suave – soft
suavemente -softly
sueño – *(tiene*
sueño) is sleepy
sufrir – to suffer
sus – his/her/their
suspendido - suspended

~T~

también - also
tan - so
tantos – so many
tarde - late
tarea - homework
taza/s – cup/s
te – to you
teléfono - telephone
tenemos – we have
tener – to have
tenerlo – to have it
tengo – I have
tenía – I had
tenías – you had
termina – it ends
terminar – to end
texto/s – text/s

ti – you (to you)
tiempo - time
tiene – s/he has
tienen – they have
tienes – you have
tímidamente - timidly
tira – she throws
todo/a – all
todos – everyone, all
toma – Drink! (command)
tomamos – we drank
tomar – to drink
tomaste – you drank
tomé – I drank
tomó – s/he drank
trabajaba – he worked
trabajando - working
trabajar – to work
trabajó – he worked
tranquilo/a - tranquil
tres - three
triángulo - triangle
triste/s - sad
tu - your
tú - you
tuit – (a) tweet
tus - your
tuviera - she had

~U~
un/o/a – a, one
usar – to use
ustedes – you all

~V~
va – s/he is going, goes
vamos – we are going
varios – various, several
vas – you go, are going
vio – s/he saw, *(se veía)* =
looked, appeared
veces - times
veían – *(se veían)* they
looked, appeared
ver – to see
verdad – truth, true
verde/s - green
verla – to see her
verlo – to see him
vez – time, instance
vida - life
viera - may see
vimos – we saw
vivir – to life
volver – to come back
volvió – he came back
vomitar – to vomit
vomitó – she vomitted
voy – I'm going

~Y~
y – and
yo - I

About the author

Theresa Jensen is a National Board Certified Spanish teacher and has taught high school Spanish 26 years. She believes that every unmotivated Spanish student is just one good story away from being hooked. She lives in Omaha with her husband, Jeff. Her child, Morgan, is the artist for the cover of her books, *Caras vemos, La ciudad de la Gran Diosa* and *...pero corazones no sabemos.* She can cook or bake with the best of them and can't get enough of her adorable nieces and nephews. Warning: don't get her started on karaoke, especially Señor Wooly songs!

About the Illustrator

Aiden Lewald is a junior at Millard North High School, where he takes Spanish and competes in forensics. His interest in languages continues, as he hopes to study in Japan in the future. He plans to attend college in Minnesota after graduating. He loves to cook and bake, especially for his family. He enjoys animated shows and reality tv cooking shows, such as Worst Cooks in America. Aiden loves to draw and has a talent that caught his Spanish teacher's eye. This is his debut as an illustrator.

Made in the USA
Middletown, DE
05 June 2025

76625899R00061